ÉPITRE

AU ROI,

Dédiée à la Reine.

PAR

F. A. Vbouin, *de Paris.*

PRIX : 1 F. 50 C.

PARIS.

TRESSE, SUCCESSEUR DE BARBA,

LIBRAIRE-ÉDITEUR,

Palais-Royal, galerie de Chartres, n⁰ˢ 2 et 3, derrière le théâtre Français.

1840.

Épître au Roi.

ÉPITRE

AU ROI,

Dédiée à la Reine.

PAR

F. A. Bouin, de Paris.

PRIX : 1 F. 50 C.

PARIS.

TRESSE, SUCCESSEUR DE BARBA,

LIBRAIRE-ÉDITEUR,

Palais-Royal, galerie de Chartres, nᵒˢ 2 et 3, derrière le théâtre Français.

—

1840.

A Sa Majesté

MARIE-AMÉLIE,

Reine des Français.

———

MADAME,

Comment vous remercier dignement de la bonté
avec laquelle vous avez accepté l'hommage de cette
œuvre légère.

Quelle que soit la puissance de l'imagination, le
poète, semblable à ces artistes dont le talent veut en
vain imiter la nature, ne saurait trouver des chants
assez corrects pour peindre avec justesse ces sublimes

vertus qui plus qu'une couronne vous rendent immortelle, et dont l'éclat est si pur, qu'il force vos ennemis
mêmes à s'incliner.

Trop faible encore en l'art d'écrire, je craindrais en
les célébrant de les profaner, et maîtrisant mes pro-
pres désirs, je cède à la raison qui me commande de
me taire.

Veuillez donc avoir autant d'indulgence que de bonté
et me croire,

MADAME,

DE VOTRE MAJESTÉ,

Le très-humble, très-obéissant et très-fidèle
serviteur et sujet,

F. A. BONIN.

AVIS AU LECTEUR.

Dans un siècle où les événemens se succèdent avec tant de rapidité, il est nécessaire de bien préciser les dates de tout ouvrage historique. Cependant la poésie autorise parfois à les intervertir, et je me suis permis d'en profiter.

Mais ce que je crois le plus urgent, c'est d'avertir ceux qui liront cette épître, qu'elle ne contient que les faits les plus remarquables des dix années du règne de S. M. Louis-Philippe, c'est-à-dire depuis le 9 août 1830 jusqu'au 9 août 1840 inclusivement.

Ce serait donc en vain que l'on y chercherait quelque allusion au traité du 15 juillet. J'ai d'ailleurs voulu faire de l'histoire et non de la politique. Puissé-je avoir réussi.

ÉPITRE AU ROI.

De mon obscurité secouant la poussière,
J'élève jusqu'au trône une voix libre et fière.
Ma Muse, loin des grands, qu'elle sut éviter,
N'a point à leur école appris l'art de flatter ;
Et pour louer pourtant un Prince qu'elle admire,
Sur de modestes chants elle accorde sa lyre.
Grand Roi, pardonne-lui ce généreux transport !
Inspire à sa faiblesse un glorieux effort ;
Rends la digne de peindre en cet écrit fragile,
Les rares qualités d'un politique habile ;
Dis-lui comment ce peuple, en ses vœux inconstant,
Coupable d'injustice envers un Roi clément,
D'une funeste erreur abjurant le caprice,
Sut reconnaître enfin ta loyale justice.

Le trône était vacant. Le peuple souverain,
A ses palais déserts cherchait un suzerain ;
Et proclamant des lois le pacte monarchique,
Proscrivait sans retour la folle république.

Sur le royal pavois par ce peuple élevé,
Philippe, Roi sans tache, au trône est appelé.
A l'amour du pays sacrifiant lui-même,
Il accepte le joug d'un pesant diadême;
Esclave du devoir, et fidèle à l'honneur,
Aux Français l'heureux Prince immole son bonheur.
Qui pourrait soutenir qu'au sein de l'opulence,
Au cours de ses destins abandonnant la France,
Ce Prince, qui depuis fut tant calomnié,
N'eût pu vivre sans crainte et de tous envié?
Le séduisant éclat d'une belle couronne
Compense, dira-t-on, les chagrins qu'elle donne :
Je conçois ce langage, et sans doute il est beau
De prendre tant de soins à vanter un joyau!
Mais osons soulever ces riches étamines
Dont le brillant tissu dérobe les épines,
Et nous reconnaîtrons s'il n'est point courageux
De placer sur son front cet emblême orageux.

A peine sur ce trône où gémit la puissance,
Un procès solennel et dangereux commence.
Le peuple, intéressé par ces débats fameux,
Presse autour du palais ses flots tumultueux;
Et cédant aux désirs d'une affreuse vengeance,
De la sage Thémis veut saisir la balance;

Mais Philippe a juré de maintenir les lois :
Il parle,.... et la justice a conservé ses droits.
Docile à ses devoirs, la garde populaire
A des flots plébéïens purgé le sanctuaire.
Les nobles condamnés échappés au martyr,
Vont dans les murs de Ham porter leur repentir.

Mais le fougueux Eole, en dispersant l'orage,
A sur notre horizon laissé plus d'un nuage ;
L'aquilon les ramène, et de noirs tourbillons
Soudain, de la patrie inonde les sillons.
La cruelle anarchie a soulevé la tête
Et la sanglante mort dirige la tempête.
Dans la ville en courroux, l'airain tonne et bondit,
Et comme l'eau, dans l'air, le sang siffle et jaillit.
Non, je ne peindrai point ces funèbres images,
Où d'une aveugle haine excitant les courages,
La discorde, fatale aux peuples comme aux rois,
Tentait, mais vainement d'anéantir les lois.
D'un encens maladroit je ternirais sa gloire,
Si j'osais altérer l'inexorable histoire ;
Mais on sait comme moi que, dans ces jours de sang,
Le Monarque sans peur parut au premier rang ;
Des sujets égarés détourna la mitraille,
Et fit naître la paix sur le champ de bataille.

Ennemi du pays qu'il ne peut asservir,
L'orgueilleux despotisme excite à l'avilir.
D'imprudens factieux l'audacieuse escorte,
D'infâmes assassins va grossir la cohorte.
Vaincus dans les combats, c'est au fer d'un poignard
Qu'ils vont de leur fortune essayer le hasard.
Mais dans leurs mains encor cette arme déloyale
N'a pu répondre aux vœux de leur âme infernale;
Il leur faut un moyen plus prompt, plus décisif.
De la destruction le génie inventif,
Des tubes meurtriers combinant l'avantage,
Inspire de Fieschi le criminel ouvrage;
Et plongeant en un jour vingt familles en deuil,
Ouvre au noble Trévise un funeste cercueil !

Couvrons ce triste jour d'un voile funéraire.
Dieu protège les rois que la sagesse éclaire;
Et Dieu n'a point permis que le sort de l'État
Dépendît du succès d'un si lâche attentat !
Crédules instrumens d'un parti fanatique
Dont le crime a flétri la fausse politique,
La royale victime échappée à vos coups,
A trouvé dans cette œuvre un triomphe bien doux !
Dans les airs un instant retentirent les armes;
Mais le calme bientôt a fait place aux alarmes,

Et mille cris d'amour succédant à l'effroi,
La grande capitale a salué son Roi !
Oui,.... quand votre fureur lui dressant une tombe,
Préparait sans frémir la sanglante hécatombe ;
Nous forçant de compter ses vertus, ses bienfaits,
Vous le rendiez plus cher à tous les vrais Français.

Mais, que dis-je? Et pourquoi faudra-t-il dans l'histoire,
De nouveaux attentats rappeler la mémoire?
Par quel vertige affreux furent-ils entraînés
Ces fous, de leur parti sitôt abandonnés?
Sans doute la misère a provoqué leur rage....
Ils ont pris leur fureur pour l'excès du courage....
Insensés, qui rêvaient un honneur immortel,
Et qui n'ont mérité qu'un opprobre éternel !....
Le Prince, qu'aux poignards désignait leur vengeance,
Triomphe des partis par sa haute clémence.
A sa voix les captifs ont vu tomber leurs fers !....
La France avec transport en instruit l'univers,
Et d'un si noble chef justement glorieuse,
D'une profonde paix va jouir plus heureuse.

Mais le sublime écho du canon des trois jours
A fait pâlir d'effroi les Rois des vieilles cours.
La France en déployant l'étendart tricolore,
De ses futurs exploits semble entrevoir l'aurore :

Sa belliqueuse main dénouant les faisceaux,
De la gothique Europe ébranle les arceaux ;
Et déjà les éclats de sa voix menaçante
Chez nos fiers potentats vont porter l'épouvante.
Tout s'émeut, tout frémit.... Les peuples et les rois,
Pour épier son vol suivent le coq gaulois :
Il peut selon l'essor de son humeur guerrière,
Comme l'aigle, à son gré, balancer le tonnerre ;
Et déchirant les airs d'un cri retentissant,
Sous sa brûlante tombe évoquer le géant.
A ce noble signal chaque peuple fidèle,
Veut de la liberté ranimer l'étincelle.
Le lion belge s'éveille aux sons aigus du coq,
Et brise, en rugissant, un trône dans son choc ;
Et l'aigle audacieux qui préside aux batailles,
Des héros polonais compte les funérailles.
Sur les débris fumans d'un sol ensanglanté,
Les Romains assoupis rêvent la liberté.
Oh ! que si l'Empereur aux longs regards de flamme,
Eût sur notre Forum vu briller l'oriflamme,
Son bras, quoique glacé, pour donner le signal,
Dans sa tombe eût saisi le glaive impérial !

Sans doute à ce moment, si la France guerrière
Eût conduit ses soldats contre l'Europe entière,

Les peuples effrayés de sa témérité,
Auraient subi le joug de son autorité.
Mais bientôt, indignés d'une injuste querelle,
Leur fureur eût fait naître une guerre éternelle ;
Ou, prolongeant le cours de ces sanglans débats,
Livré vingt ans encor d'inutiles combats.
Qui sait à quel drapeau fût resté la victoire ?
Le monde au prix du sang ne veut plus de la gloire ;
Chaque peuple a souffert des leçons du passé,
Et des prêtres de Mars l'autel est renversé.
Puis de quel droit la France avançant sa barrière,
Eût-elle aux bords du Rhin déployé sa bannière ?
Faut-il quand un pays change de souverain,
Qu'il aille sans raison dépouiller son voisin ;
Et comme un vil pirate, enfant de la rapine,
Imposer aux vaincus la paix qui les ruine ?
Non !... mon loyal pays, justement respecté,
N'a jamais pour lui seul voulu la liberté !
Dans les arts, aux combats, suivant sa foi profonde,
La France fut toujours l'avant-garde du monde,
Et vit son pavillon rebelle à toute erreur,
Flotter inattaquable au poste de l'honneur.

Le Roi dont la sagesse égale la prudence,
A du haut de son trône interrogé la France :

Son œil a pénétré les plans audacieux
Qu'enfante en son courage un peuple ambitieux :
Sa main, sur l'univers tenant la foudre prête,
A son gré peut grossir ou calmer la tempête ;
Mais doit-il exposer à de nouveaux malheurs
Le pays dont il sut appaiser les douleurs?...
Quand l'ardente Bellone abusant de ses charmes,
Des peuples éplorés nous dérobait les larmes,
L'épée était alors un sceptre glorieux
Qu'un Roi trouvait fumant du sang de ses aïeux.
Mais aujourd'hui, le sceptre est un fragile emblême
Qu'un solennel usage accorde au rang suprême,
Et les Rois moins heureux, esclaves du pouvoir,
Ont, du bonheur public, fait leur premier devoir.

PHILIPPE ne veut pas de conquêtes avide,
D'un politique vol donner l'ordre perfide ;
Et pour inaugurer sa jeune royauté,
Contre un trône à l'encan vendre sa loyauté.
Vainement la Belgique, enfin régénérée,
Met aux pieds de Nemours sa couronne épurée ;
Le Roi qui porte au front ce pénible bandeau
Refuse pour son fils un si pesant fardeau.
Certes, sous un tel poids grandirait son courage !
Mais un pareil refus l'honore davantage,

Et quand, le suppliant de dégager ses fers,
Le Belge appellera le Français dans Anvers ;
Sous le vaillant Gérard, à la gloire fidèle,
Deux Princes, fils du Roi, viendront prouver leur zèle,
Et nos braves soldats, joyeux de leur concours,
Reconnaîtront au feu d'Orléans et Nemours.

Loin du pompeux éclat qu'enfante la victoire,
Pour le bonheur du monde, il est une autre gloire :
Un Prince peut atteindre à l'immortalité
En protégeant les arts, les lois, la liberté.
S'il bannit de sa cour l'imposture et le vice,
S'il rend à ses sujets une égale justice,
Si le peuple à sa voix répond en souriant,
Ce Roi, de tous les Rois sera le plus puissant.
PHILIPPE l'a compris.... Nouvel Idoménée,
Il veut par ses travaux grandir sa destinée.

Déjà de toutes parts s'élèvent triomphans,
Sur l'espace désert de vastes monumens.
Là, pour charmer le cours d'une onde fugitive,
La Seine, d'arbres verts voit embellir sa rive.
Ici, pour consacrer un pieux souvenir,
Madelaine à ses pleurs voit un temple s'ouvrir.

Plus loin , de Cléopâtre on a dressé l'aiguille ;
Et quand sous le soleil l'onde en gerbes pétille,
Tout citoyen français ému d'un juste orgueil,
Du Forum pacifique admire le coup-d'œil.
Là, du grand capitaine éternisant la gloire,
Le bronze impérissable honore la mémoire ;
Attendant qu'avant peu ses restes immortels
Des flammes du génie animent nos autels :
Et pour que son histoire en miracles féconde
Résiste ineffaçable aux orages du monde,
Le Prince veut qu'un arc au front majestueux,
Comme un livre de pierre ouvert à tous les yeux,
Puisse aux siècles futurs transmettre d'âge en âge
De notre antique gloire une immortelle page.

Mais laissons un instant le grand Napoléon,
Et portons nos regards jusques au Panthéon :
Sur le noble fronton que le ciseau décore,
Nos triomphes passés reparaissent encore ;
Et comme un souverain conduit par l'équité,
Bien loin de la proscrire aime la liberté ;
Sur l'imposante place où tonnait la Bastille
Aux mains de l'ange d'or son flambeau plane et brille ,
Et sa vive auréole éclairera toujours
Les mânes des héros martyrs de nos trois jours !....

Mais hélas! je le sens, ma verve s'épuise
A tracer des travaux la fidèle analyse....
Je ne saurais vous peindre en un si faible essai,
Et le palais des Pairs et le palais d'Orsai;
Tous ces ponts suspendus, cet hôtel magnifique,
Chef-d'œuvre d'une époque architecte magique;
Ces vagons qui, sur terre impétueux traîneaux,
Semblent fuir en rasant la surface des eaux.
Enfin, chaque édifice amenant son chapitre,
D'un volume ennuyeux grossirait cette épître.

Tout prouve que le Roi, jaloux de notre honneur,
Sous le royal manteau sent battre un noble cœur.
Une ville autrefois glorieuse et puissante,
Dans un honteux repos languissait expirante,
Elle qui, jeune encore, avait vu tant de fois
Les peuples asservis s'incliner à sa voix,
Et qui dans la splendeur, orgueilleuse rivale,
Considérait Paris comme une humble vassale,
Maintenant voit ses murs par le temps menacés,
Et ses titres de gloire à jamais effacés;
Et parfois cependant la vigilante aurore
Dans ses fiers souvenirs vient l'interrompre encore.
Qui peut donc ranimer ce grand corps affaibli,
Et l'arracher vivant à ce mortel oubli?....

Dignement inspiré, qui peut en sa puissance
Au monde rendre un peuple, une ville à la France?...
Qui l'oserait tenter si ce n'était un Roi,
Et dirait sans orgueil : « Cité, relève-toi!... »
Philippe l'osera : dans son âme brûlante
A germé le salut de la cité mourante.
Versailles, tu vivras souveraine des arts,
Et sur toi l'univers fixera ses regards ;
De ton royal sauveur la sublime espérance
Te consacre immortelle aux gloires de la France ;
Et Clio placera sans doute au même rang
Le Roi Louis-Philippe auprès Louis-le-Grand.

En résultats heureux comme ce règne abonde!...
C'est peu d'avoir dix ans gardé la paix du monde,
Déjoué les complots des partis irrités,
Et de voisins jaloux vu nos droits respectés ;
C'est peu d'avoir guéri les maux de la patrie,
Du commerce expirant ranimé l'industrie,
Et pour les préserver d'une infaillible mort,
Aux lettres, aux beaux-arts ouvert un libre essor :
Il faut pour qu'un grand Prince ait l'âme satisfaite,
Qu'il puisse offrir à tous une gloire parfaite.
La couronne n'a pas de fleurons réguliers,
Si dans le cycle d'or ne brillent les lauriers ;

Et tandis que l'Europe en dédaigne l'ombrage,
La France en va cueillir aux plaines de Carthage;
Car des sables brûlans que Rome épouvanta,
Vient de surgir contre elle un autre Jugurtha !....
L'Afrique trop crédule invoque ses oracles;
Mais le canon français se charge des miracles.

Déjà même Achmet-Bey, sous ses coups redoublés
Voit ses murs et son trône à jamais écroulés.
En dépit des ravins, du fer, de la mitraille,
Nemours, de Constantine ébranle la muraille;
Sur la brèche fumante il s'élance sans peur,
Et plante en combattant son étendart vainqueur.
Pourquoi faut-il, hélas ! qu'un si noble fait d'armes,
Sur Combe et Damrémont fasse couler nos larmes!....
Pleurons-les ;.... mais songeons que la victoire en deuil
Sortit en frémissant des plis de leur linceuil !
Leur glorieux trépas électrise l'armée,
Qui choisit pour vengeur l'intrépide Vallée.
A cette immense tâche il ne faillira pas :
L'honneur du Maréchal nous répond de son bras.
Un séduisant espoir nous reste et nous console.
Parmi tous ces héros, fils de la même école,
Il en est qui trouvant le sort moins rigoureux,
Ont pu dans vingt combats rendre leurs noms fameux.

La France, avec orgueil, les cite et les révère.
Devenez ses élus, Bedeau, Lamoricière,
Changarnier, Cavaignac, et tant d'autres enfin
Dont le zèle héroïque illustre le chemin.
Changeant une bicoque en redoute enflammée,
Lelièvre, à Mazagran, triomphe d'une armée.
Bientôt de ces guerriers émules généreux,
Jaloux de vaincre ensemble ou de mourir comme eux,
D'Orléans qui partout fit preuves de courage,
Vient préparer d'Aumale au rude apprentissage.
Tous deux couverts de gloire au col de Mouzaïa,
Répondent au canon de Saint-Jean-d'Ulloa;
Et pour l'indemniser de ses douleurs profondes,
La Reine voit ses fils vainqueurs dans les deux mondes.

Et toi, que sur le trône un orage a porté,
Si ta haute raison, ta sublime équité,
D'un essaim de frelons méprisant l'insolence,
D'un heureux avenir ont pu doter la France;
Si, pour mieux préparer sa future grandeur,
L'Éternel qui t'éclaire inspira ton grand cœur,
Et secondant tes soins en ce pénible ouvrage,
Sut au calme héroïque asservir ton courage;
Achève avec ardeur ta noble mission !....
Un jour, t'appréciant, la grande Nation,

De tes vastes travaux recueillant les services,
Plaindra de ses aïeux les folles injustices;
Et ta gloire, et ton nom du monde révérés,
Serviront de symbole aux peuples éclairés!....

9 Août 1840.

FIN.

PARIS. IMPRIMERIE DE LEBÈGUE, RUE DES NOYERS, 8.

PARIS. IMPRIMERIE DE LEBÈGUE, RUE DÉS NOYERS, 8.